猛勉強ができるようになる断食の仕方

鎌田一男
KAZUO KAMATA

Parade Books

目次

序章

第一章の概要

大学四年のゼミの落ちこぼれであった私が、猛勉強して、実力が格段につき、難しい大学院入試に合格する。その猛勉強できるようになった秘訣を公開。それは断食のある仕方による。その断食の仕方を大公開。

第二章の概要

前著『難病を治すセノイの霊能力獲得法』を詳しく書いた増補版である。これだけ読んでも、セノイの霊能力獲得法が分かるように書いている。

第三章の概要

誕生から中学生までの想い出を書いた。

第一章

猛勉強ができるようになる断食の仕方

中学時代。一年の時、最初の定期考査では学年三八一人中一一位の成績だった。三学期の定期考査では五位に上った。

中学三年の時、五回の定期考査のうち三回で学年二位だった。一ヶ月前から準備した時、二位だった。一週間前から準備した時は、順位が下った。

中学時代、私は努力家型の秀才だった。

高専時代。高専は一期生だった。一期生は秀才ぞろいだった。

高専時代。数学の難しい問題を一時間かけたら解けた。

高専三年の夏。原因は不明だが、急激にやせた。そのせいか勉強に勤勉さがなくなり、勉強は三日坊主になった。当然成績も若干下った。

学生時代。物理の教科書の本文は理解できたが、章末の問題が解けなかった。一時間かけて解けぬ時は、解くことを諦めた。それ以上時間をかけても解けないだろう、と諦めた。

学生時代。勉強しようとすると、過去の嫌なことが思い出され、勉強ができなくなった。

このことも問題を長い時間考えることを不可能にした。
私には、根性ある勉強習慣が身についていなかったということである。
根性ある勉強習慣が身に付いているということは、
勉強が根気よく続けられるということ、
勉強が三日坊主でないということ、
長期的勤勉さがあるということ、
ガリ勉ができるということ、
である。適宜それぞれの言葉を使う。
四年になり、H教授のゼミに入った。茨城大物理学科では、北大出身のH教授が第一の実績者だった。東大卒、京大卒の先生もいたが、H教授の実績が図抜けていた。H教授の優秀さは、原子核論の本に数行のっている程だった。外国生活も経験し、若い先生に、H教授はコスモポリタンだ、と最大の賛辞が呈されていた。
それまで授業で使った教科書は、問題は解けなかったが、本文は理解できた。ところが、

H教授がゼミの教科書として選んだ本は、私には難解で、本文も理解できなかった。ゼミの他のメンバーには難解ではなかったようだが。私にはゼミはついて行けなかった。

その時、考えた。分らぬ、分らぬと嘆いているよりも、どうすれば根気よく勉強が続けられるか、どうすれば勉強の三日坊主が直るか、どうすれば長期的勤勉さが獲得できるか、どうすればガリ勉ができるか、を探究しよう。今はその方が大事だ。悩みに専念するため、ゼミは辞めよう。そう考えた。

H教授に「ゼミ辞めます」と言うと、「挫折か」と批難された。私は黙って目を見返したが、正にその通り挫折だった。

その後、負けるもんか、と時々思った。

勉強が根気よく続けられるようにするため、三日坊主を克服し、長期的勤勉さを獲得するため、ガリ勉ができるようになるため、以下のことをやってみた。

クラシック音楽を聞けば、勇気づけられ、長期的勤勉さが獲得できるかも知れない、と思ったが、やってみると、そうは行かなかった。クラシック音楽をいくら聞いても、長期的勤勉さは獲得できなかった。

古典文学をいくら読んでも、私の教養のレベルでは、長期的勤勉さは獲得できなかった。遊んでいても、専門の物理は優秀という教授がいたので、ガールハントする勇気と実行力があれば、長期的勤勉さが獲得できるかも知れない、と思った。それで、市内で見かけた女性を誘って、喫茶店でおしゃべりをした。理学部一の美人と評判の高い女性を誘って、喫茶店でおしゃべりをした。だが、長期的勤勉さは獲得できなかった。

こうして、解決策は見つからず、翌年の四月になり、大学院受験勉強しながら、見つけるしかない、と結論した。

私は、研究室の机に、ウィンパーの『アルプス登攀記（上）』（岩波文庫、浦松佐美太郎訳）の第五章冒頭の教訓詩

繰り返し、繰り返し、繰り返し試みよ
これこそは、汝の守るべき教訓なり。

初めに成功することなくとも
繰り返し、繰り返し、繰り返し試みよ。
されば、勇気も湧き起こるべし
たゆまず、屈折せず、やむことなくば、
ついに勝利をうべし、恐るるなかれ。
繰り返し、繰り返し、繰り返し試みよ

を貼って、心の励みとした。

私は、気を引き締めるため、苦行しよう、具体的には、曜日を決めて週に一日の割で断食することとした。

やってみると、この苦行が大当りで、最初の週から勉強が順調に行った。

根気よく勉強が続けられ、三日坊主が克服でき、長期的勤勉さが獲得でき、又ガリ勉ができた。

断食する曜日は、できるだけ仕事がない曜日がいいでしょう。その方が断食が成功します。断食の日は水だけ飲むこと（断食の日は、水だけ飲んで寝ていてもかまいません。慣れると、断食の日も勉強できるようになります）。断食が成功すれば、例え断食の日は勉強しなくても、残り六日は十分勉強できます。一日当たり七時間勉強できます。又、断食する曜日の前日、及び後日の食事の量は、普通です。

三日坊主克服法は断食を伴うので、成長期には有害の恐れがあります。

成長期は、一般に中学時代です（私の場合は遅くて、高校一年の時でした）。それ故、高校三年か又は高校三年以上になったら、実践して下さい。

私の場合、続けて一年間やり（その間、体調は悪くはなりませんでした）、そこで必要なくなりましたが、曜日を決めて週に一日食事をしないということだけだから、何年間でも続けられるはずです。例えば、二年間でも三年間でも四年間でも続けられる、と思います。

三日坊主克服法の場合、勉強をやる気が起きなくても、気分転換のための外出はしないこと。やる気が起きない時は、目を閉じて横になること。一～二時間後にやる気が起きたら勉強すること。

私が二度目の断食をしたのは、三〇歳の時で、この時は一日二食主義で、朝断食、夕断食を週に適当に一回ずつ行った（できるだけ早めに行うこと）。

この時、腎臓を悪くしていた（ある健康法の本に、塩分を多めにとることがすすめられていた。それを実行したら、数ヶ月後腎臓を悪くした）。

昼に勉強のやる気が起きれば一番いいのだが、昼にやる気が起きない時は、昼寝て、夜やる気が起きた時、夜勉強した。そういう不規則生活をして、一日当たり七時間の勉強時間を確保した。

この場合、不規則生活（但し、睡眠時間は不規則でも、食事時間は規則的にすること）で、続けて半年間行い（その間、体調は悪くはなりませんでした）、そこで必要なくなりましたが、一年間続けても大丈夫かも知れません。それ以上は（例えば二年間とかは）、体調をみながら、やってみて下さい。

腎臓を悪くしてても、私の三日坊主克服法は有効です。勉強だけでなく、おけいこ事にも有効です。

勉強が順調に行くようになり、物理の問題に取り組んでも、根気よく考え続けられ、又過去の嫌なことが思い出されるということもなく、時間が経過し、三時間過ぎると問題が解けた。

同級生も三時間位かけると問題が解けると言っていたから、私と同級生とは同じ能力だったのだ。三時間かけて解けぬ問題は、受験勉強中だから、その問題にばかりかかわってはいられぬので、紙片に問題を書き、歩きながら考え、バスに乗りながら考え、寝る前も考え、起きてからも考え、一週間で解けた問題があった。

実際の受験では、五問を三時間かけて解かねばならない。一問当たり約三〇分で解かねばならない。そのため、問題を解いた後は、問題とその解き方を暗記した。教科書の本文からも出るので、本文の要約を作り、これも暗記した。

勉強が順調に行き、長期的勤勉さを獲得したので、大量の暗記が可能となった。

こうして完璧な受験勉強をした。

ある日、いつものように研究室で受験勉強を頑張っていると、H教授がドアを開けて言った。「昼飯は食べたか」。私が「まだです」と答えると、「これも食え」と、教授の昼飯のおかずを差し入れしてくれた。

後にH教授は私に言った。「鎌田は立ち直ったな」と。

もっとも、後でH教授は他の学生に「あいつ（鎌田）は何考えてるか、さっぱり分からない」とこぼしていたらしいが。

こうして、曜日を決めた、週に一日の割合の断食のおかげで、根気よく勉強が続けられ、実力が格段につき、当時難しかった広島大大学院の理学部物理学科の入学試験に合格できた。

曜日を決めて週に一日の割で断食すると、一ヶ月ほどで不思議なことに見識が身に付いた（人によっては二ヶ月かかる人もいるようです）。

普通見識というものは、一〇年、二〇年と社会生活を経験して身に付くものだが、私のやり方だと、沢山の人が簡単に見識を身に付けられる。

見識が身に付くと、人生を生きる上で大幅に有利になる。

第二章

セノイの霊能力獲得法　増補

私の指図通りに行って下さい。そうすれば、効果が現れるでしょう。ご利益が生じるでしょう。独自性を出しては、駄目です。指図通り行って下さい。指図通りに行わないと、不幸、不運を招く恐れがあります。

あなた方は幸せだ。私が注意すべき点を全部あげたので、私が失敗した所を避けて通れる。

夢を共有し、コントロールして、平和に暮らすマレーシアのセノイ族について報告した、キルトン・スチュワートの論文「マラヤの夢理論」。この夢理論の実践が、平和と幸福を願い、人間の意識を拡大しようとする一九六〇年代、七〇年代のアメリカで大流行した。が、やがて廃れてしまった。それは実は落下の夢を正しく解釈できなかったことによる。

文化人類学者カルロス・カスタネダの一番目の著書『呪術師と私—ドン・ファンの教え』（邦訳二見書房）は、アメリカでベストセラーになった。その三番目の著書、『呪師に成る―イクストランへの旅』(二見書房)には、メキシコのヤキ族の呪術師ドン・ファンの霊能力獲得法「夢の中で手を見る」が紹介されているが、「夢の中で手を見る」は、どうもヤキ族の呪術師にはないようであり、カスタネダが伝えているだけなので、私はカスタネダ系の霊能力獲得法「夢の中で手を見る」と呼ぶこととした。

セノイ族の霊能力獲得法を、純粋のセノイの霊能力獲得法と呼ぶこととする。

先ず純粋のセノイの霊能力獲得法をやること。次に、カスタネダ系の霊能力獲得法「夢の中で手を見る」をやること。そして、二つの霊能力獲得法をやったが、自分の霊能力はセノイ族に属すると考えること(このことを知るのに私は三〇年かかりました)。そして以後は、セノイ族の神にのみ頼ること。そうすると、難病が治ったり、大幅に改善したりする。

それで、純粋のセノイの霊能力獲得法に、次にカスタネダ系の霊能力獲得法を追加したものを（但し、自分の霊能力はセノイ族に属すると考える）、セノイの霊能力獲得法と呼ぶこととする。

純粋のセノイの霊能力獲得法は次のようです。

落下の夢を見たら、五分、六分と、どこまでも落ちてゆくと、最後に水平飛行になる。そのまま飛んでいると、自然と目が覚める（夢の中では、目を閉じぬこと。閉じると、目が覚める）。

以上が、純粋のセノイの霊能力獲得法です。

カスタネダ系の霊能力獲得法「夢の中で手を見る」は次のようです。

夢の中で、今夢の中にいると気付いた時、頭を下げて手を見る。約三秒後、手の形が崩れたら、頭を上げて、どこでもいいから、空中の一点を見る。約三秒後、そこも形が崩れたら、又頭を下げて手を見る。約三秒後、手の形が崩れたら、又頭を上げて、どこでもい

いから、空中の一点（又は前に見た一点。どちらでもいいと思う）を見る。そうしている
うち、目が覚める。

数日後、夢の中でこれは夢だと気付いた時、又同様のことをする。
これが数回繰り返された時、夢の中でこれは夢だと気付いた時、手を見ると、とたんに
夢の中が三次元空間になり、夢の中を自由に行動できるようになる。

以上が、カスタネダ系の霊能力獲得法「夢の中で手を見る」です。

純粋のセノイの霊能力獲得法の場合、水平飛行にならず、空中に浮んだり、又上昇した
りする場合がありますが、それらもＯＫです。要は、落下以外の行動に成ればいいのです。

夢の中で落下から水平飛行に変わる際、落下運動から曲がりますが、曲がった時に目覚
めた場合、それも純粋のセノイの霊能力を獲得したことになると思います。水平飛行まで
にならなくてもです。

夢の中で落下した時、そのまま地面に着地することがあります。この場合は、純粋のセノイの霊能力を獲得したことにはなりません。と書きましたが、いや獲得したことになる、と主張する人もいるかも知れません。その場合は、カスタネダ系の霊能力獲得法「夢の中で手を見る」を行ってみて下さい。本当に獲得したならば、カスタネダ系の霊能力獲得法「夢の中で手を見る」が行えるはずです。できない場合は、落下の夢に再挑戦して下さい。

落下の夢は、一年に数回起こります。気長に待ちましょう。早い人は、一週間後に起こります。

夢の中で落下が水平飛行になるまで、数分かかる人もいるでしょうし、又それ以上かかる人もいるでしょう。

落下の夢の数分は、五分、六分のことです。一つの目安と考えて下さい。

夢の中で底の浅い穴に飛びこむと、穴がどんどん深くなり、よってどこまでも落下し続けることが可能となる場合がありますが、それも落下の夢としてOKです。安心して落下し続けて下さい。

セノイの霊能力獲得法の場合、夢の中に鎌を持った女が出てきますが、怖がらず、逃げず、放っておいて下さい。かかってきません。落下の夢の場合と同じく、怖がらないことが大事です。

自分の霊能力はセノイ族に属する、と正しく考えないと、ご利益が消え、又自分がスーパーマンであるかのような幻聴、幻覚が起こります。又夢の中に人物が出て、こうしたら良いと指図しますが、その通りすると不幸が起きます。注意しましょう。

セノイの霊能力獲得法は、難病だけでなく普通の病気にも有効です。できるだけ現代医学と併用して下さい。

又体質が変わり、男性はオナニーやセックスすると疲れがとれます。今までと逆になるのです。新人類になるのです。年をとっても夫婦和合ができます。

女性の場合も体質が変わり、オナニーやセックスすると疲れがとれるそうです。又より素直に、より美しくなるようです。

但し、電子レンジで調理した食物を食べた場合は、効果が現れないかも知れません。解凍に使った場合は、問題ないかも知れませんが。試してみて下さい。

セノイの霊能力獲得法で美しくなるには、手鏡を持って、自分の顔を見ながら、美しくなあれと毎日五分程祈ることだそうです。

セノイの霊能力獲得法は、できるだけ現代医学と併用して下さい。私も先日熱があった時、指示により近くの医院に行き、三日間薬を飲みました。現代医学も大事です。

夢の中では、友好的に振舞うという態度を持ち続けることが大事です。

夢の中で、人や動物が襲ってきた場合、「何の用なの」とか話しかけると、相手は友好的な人物に変る、と著書『難病を治すセノイの霊能力獲得法』八四頁では書きましたが、私自身は一度も話しかけることができませんでした。

（いや、話しかけることができ、相手は友好的な人物に変わった、と言う人は、「そうすると、襲ってきた相手に話しかけるということは」から最後の文章、「怖い夢がある度に、同様の態度をとればいいのかも知れません」までは必要ありません。）

そうすると、襲ってきた相手に話しかけるということは、現実的には余り無いのかも知れません。

夢の中で、二つの壁に押しつぶされそうになった時、逃げずに、目を覚まそうとせずに、じっと耐えていたら、その圧力も消えました。

同様に、襲ってきた相手に対し、反撃せずに、又逃げずに、目を覚まそうとせずに、じっと耐えていれば、襲ってきた相手も無害化するのかも知れません。

怖い夢がある度に、同様の態度をとればいいのかも知れません。

落下が水平飛行になる夢を経験するまでは、怖い夢に出会った時、逃げて下さい。目を覚まそうとして下さい。

落下が水平飛行になる夢を経験してからは、怖い夢に出会った時、反撃しないで下さい。又逃げないで下さい。目を覚まそうとしないで下さい。

複数の神を信仰することはできません。

セノイの神だけを信仰して下さい。そうすれば、効果が現れるでしょう。複数の神を信仰すると、セノイの神からご利益が生じ、願い事がかなうこともありますが、セノイの神から警告が来る恐れもあります。不幸、不運が起きる恐れもあります。

セノイの宗教と仏教。この二つを信仰することはできません。セノイの神だけを信仰して下さい。そうすれば、効果が現れるでしょう。この二つを信仰すると、セノイの神からご利益が生じ、願い事がかなうこともありますが、セノイの神から警告が来る恐れもあります。不幸、不運が起きる恐れもあります。

他の宗教から抜けるには、心の中でもう信仰しないと考えれば、それでＯＫです。そしてできるだけその場所にはもう行かないことです。

セノイの神を信仰し、同時に恵方巻、節分などで験をかつぐのは、止めましょう。セノイの神にのみ頼りましょう。そうでないと、セノイの神からご利益が生じ、願い事がかなうこともありますが、セノイの神から警告が来る恐れもあります。食べるだけなら問題はありません。お願いは無しにして下さい。

初詣に行くのは、止めましょう。例え行っても、願掛けは、止めましょう。セノイの神にのみ頼りましょう。

寝たきりだった人が、落下が水平飛行になる夢を経験した次の日には、寝たきりが治った。そういう事実があります。カスタネダ系の霊能力獲得法を経験するところまで行かなくとも、ご利益は早くもあるようです。それどころか、セノイの霊能力獲得法をやろうと考えただけで、良いことが起きる。そういうこともあるようです。

夢か現実か分からない時は、絶壁から飛び降りるのは、止めましょう。代りに底の浅い穴（深さ三〇cm）に飛びこんで下さい。例え現実だとしても、けがが小さいです。カスタネダ系の霊能力獲得法「夢の中で手を見る」を経験した人にとっては、夢か現実か分からない時は、手を見るのも一つの方法です。

緊急の場合には、「セノイ」と叫んで下さい。セノイの神が助けてくれます。

何々すると、不幸、不運を招く、とか色々書きましたが、要は、大小どんなことでもセノイの神に頼ることです。簡単なことです。私はそうしています。

セノイの霊能力を獲得しながら、セノイの神を信仰せず、又他のどんな神をも信仰せず、無宗教になる場合は、ご利益は生じませんが、不幸、不運も起こりません。ただ無味乾燥な生活となります。

しかし、セノイの霊能力を獲得しながら、セノイの神を信仰せず、他の宗教の神を信仰する場合は、セノイの神からの警告として、不幸、不運が起きる恐れがあります（但し、全くの暗黒時代にはせず、願い事がかなう事もあります）。その場合は、直ちにセノイの神信仰に戻って下さい。

ご利益があったのに、セノイの宗教はインチキだ、と嘘を言うと、ご利益が消える恐れがあります。注意しましょう。

セノイの霊能力獲得法で、性格も明るくなり、難病も治ったり、大幅に改善したりしますが、精神科の薬、精神病の薬を飲んでる場合は、そうはならない恐れがあります。精神科の薬、精神病の薬を全廃することが必要になります。

私の体調の悪さは、薬を飲まず、目を閉じて、横になっているだけで、三日目で収まりました。セノイの霊能力を獲得しても、精神科の薬、精神病の薬を飲んでる場合は、難病は治らないと書きましたが、体調も完全には良くならず、私のように時たま体調が悪くなります。

私の場合、難病が治ったりしたのは、精神科の薬を全廃した時でした。その後、薬を飲まざるを得ないことになり、薬の一部を注射にしたことにより、全廃が不可能になり、それ以上の改善はなくなりました。ただ、薬を全廃しなくても、自殺願望は消えました。

私の場合、私の神はカスタネダ系の神だ、と私が間違って判断したことにより、セノイの神から幻聴、幻覚という形で警告が来ました。それを医師は、精神病の統合失調症と判断したのです。しかし、正しい治療法は、私の神はセノイの神だ、と私に知らしめることなのです。

心療内科、メンタルクリニック、メンタルヘルスクリニック、神経科でも精神科の薬を出しています。注意しましょう。

セノイの霊能力を獲得すると、未来を象徴的に示すような夢、又は未来をそのまま示すような夢、又は未来をサインで示すような夢（例えば、私の場合、トイレに居る夢を見ると、翌日、便秘が明らかに和らいだものです）、そのような夢を見ることもあります。

夢日記を書きましょう。時々見返して、どの夢が未来を象徴的に示していたか、あるいは未来をそのまま示していたか、あるいは未来をサインで示していたか、を確かめましょう。

私の神はカスタネダ系の神だ、と私が間違っていて、不幸、不運が起きている時も、セノイの神はある程度私の願いをかなえてくれました。この店がはやるように、職場での私の評価が高くなるように、等々との私の願いをかなえてくれました。だから、不幸、不運が起きている時も、全くの暗黒時代ではないのです。

先日、テレビを見ていて気付いたのですが、台風が来ても、セノイの神を信じ始めた人は、命が助かっていました。他に、神の存在を信じている人も助かっていたようです。

ありふれた病気、例えば、冷え性、花粉症も治すのが難しい場合、難病となります。寝たきり老人、認知症老人も難病になります。認知症老人には、落下の夢を見たら、どこまでも落ちてゆくように教えましょう。最後には水平飛行になることを教えましょう。

私は、夢の中で落下した時、どこまでも落下したら、どうなるのだろう、という興味を持って、落下し続けました。数分落ち続けた後で、水平飛行になった時、驚きました。

夢の中で自由に空を飛行できる人は、一度飛ぼうとしないで落下し続けてみて下さい。

どうなるか。そこから始めてみて下さい。

夢の中で落下が水平飛行に成ったら、そのまま飛んでいると、自然と目が覚めます。水平飛行に成ったら、すぐ目を覚ましてもかまいませんが、できるだけ自然と目を覚まして下さい。

カスタネダ系のもう一つの霊能力獲得法「夢の中で特定の場所に行く」は行わないで下さい。私は行おうとしましたが、できませんでした。できなくてもいいのです。

最近、三日坊主克服法と純粋のセノイの霊能力獲得法とで、激しい練習に耐え、好結果を出した選手がいます。

先年の九州の豪雨被害にもかかわらず、被害にあわなかった家があります。その家はセノイの神を信仰していたそうです。セノイの神信仰はすごいご利益があることが、これで分かります。

セノイの霊能力は、テロにあっても、事故にあっても、最悪の事態は防ぐようです。会社も、社員の殆どがセノイの霊能力獲得法を行うと、運勢が上向くようです。皆さん。コロナ騒動の今、是非ともセノイの霊能力獲得法を行いましょう。

新疆ウィグル自治区の皆さん。中国共産党の圧政に苦しんでいますね。この際、イスラム教は止めて、是非ともセノイの霊能力獲得法を行いましょう。運命が開けてくると思います。香港チベット等々の皆さんも同じですよ。

おぼれそうになったら、「セノイ」と叫んで下さい。助けてくれる人がすぐに現われるそうです。

新型コロナウィルス、台風、大雪、豪雨等々に対し自衛しましょう。そのため、是非ともセノイの霊能力獲得法を行いましょう。避難計画も作りましょう。

史上最強クラスの台風一〇号に対し、セノイの神の指示は、セノイの神に直接頼むのではなく、セノイの霊能力獲得法を行った人達がある程度集まれば、その総合力で台風に影響を与えることができるはずというものでした。結果は驚くべきもので、台風一〇号による被害は軽いものになりました（二〇二〇年九月七日頃。私が行いました）。

本州を直撃する台風一二号に対する方針は、前回と同じく、セノイの神に直接頼むのではなく、セノイの霊能力獲得法を行った人達がある程度集まれば、その総合力で台風に影響を与えることができるはずというものでした。その結果は驚くべきもので、台風一二号は東よりに進路を変え、関東の沖を少し離れて通過する予想に変わりました。大雨のエリアは限定的になりました（二〇二〇年九月頃。私が行いました）。

セノイ族は、平和な部族として知られています。セノイの霊能力獲得法が広まれば、世界は平和になるかも知れません。

セノイの霊能力で開運している人達がいるようです。セノイの霊能力は開運にも使えるようです。

才能を十分に発揮するには、セノイの霊能力獲得法が有効です。

セノイの霊能力を獲得すると、実年齢より若く見えるようになるようです。

セノイの霊能力獲得法は賞レースにも有効のようです。

ご利益がありすぎて無気味だ、と言う人は、セノイの神にご利益を小さくして下さい、と願って下さい。すぐ小さくして下さるでしょう。

素描（デッサンのこと）

著書『難病を治すセノイの霊能力獲得法』から美術に関して、抜粋を次にする。

「まず芸術について。それまでルネッサンスの美術は分からなかった。不気味にしか思えなかった。どこがいいのかさっぱり分からなかった。それで壁にレオナルド・ダ・ヴィンチの「モナリザ」（カレンダーに載っていた「モナリザ」を使った）を貼って、毎日数分だけ見ることにした。又洋書の『ラファエロ全集』を購入し、ラファエロの素描（デッサンのこと）の上にトレーシング・ペーパーを載せ、四隅を固定し、下の素描の線をトレーシング・ペーパーに写す（二、三回繰り返し、計三〇〇枚くらい写した）。そういう作業を行った。この作業は、スタンダールの『イタリア絵画史』にも、チェンニーニの『芸術の書』にも載っている伝統ある技法である。というのも、ヴァザーリもギベルティも「素描が絵画と彫刻の基礎であり理論である」と言っているくらい素描は重要であるから。

こうして一年くらいすると、「モナリザ」の明暗描法の崇高さが分かるようになった。

ギリシャのパルテノン神殿彫刻の素晴らしさも分かるようになった。サモトラケのニケ像の衣のひだが壮麗《そうれい》な美しさを表しているのも分かるようになった。始めてから約一〇年後。正確に模写する人の方が理解が深い、とある評論家が言っていた。アランが『諸芸術の体系』（岩波書店）の中で、主に踊りを念頭に置いた発言だが、芸術は身振りである、と言っていた。それで思いついたのが、素描に対して垂直にシャープペンシル（軽いシャープペンシルが良い）を軽く持ち、素描から三㎜から五㎜離して素描の線をなぞったらどうだろう、ということである。

ベレンソンによると、ミケランジェロの素描には触覚値（遠近法や立体的な人物を描くことによってあたかもその空間、その人物に触れるような感覚を起こさせる絵というのが触覚値のある絵）があるが、ラファエロの素描にはない、ということであったので、今度はミケランジェロの素描で試そう、と思った。

そこで、『ミケランジェロ素描全集』全四巻（講談社）の中の線のはっきりしている素描を選び（建築素描を含む）、その素描の上にトレーシング・ペーパーを載せて、四隅を固定し、素描の線をトレーシング・ペーパーに写した。そのトレーシング・ペーパーをコピー機でコピーした。中には、少し拡大してコピーしたものもあった（全部で四〇枚くらいコピーを作った）。そして椅子に腰かけ、机の上には三〇度くらい傾けた画版を置き、画板にコピーしたものを固定させて、一枚できる毎に、それまでできた全部のコピーの線をなぞり、その後、効果を確かめるために画集を見た。

すると、ティツィアーノの「聖愛と俗愛」、「バッコス祭」の女性ヌード像が、灼熱した生命の燃焼を表わし、又灼熱した生命の燃焼こそが古典美である、という直感がほとばしった。通説とは違い、古典美は調和美ではないのだ。ギリシャ彫刻の「ラオコーン像」の髪やひげの造形、そして胸から脇腹にかけての造形も、灼熱した生命の燃焼を表わしていることを知った。

また雪舟の「四季山水図」（東京国立博物館）の山の線、崖の線などが必然的に描かれている、と感じた。」

以上が抜粋である。次にその補足を書く。

素描のコピーを作る場合、曲線の部分のコピーは、忠実に曲線にコピーしなければなりません。そして、どんな丸みを持っているか、側に書き込むことも必要になる場合があります。

素描のコピーに対し垂直になぞる時、コピーの線とシャープペンシルの先っぽが同時に見えるように、頭の位置、目の位置を設定すること。脇（又は幾分脇）の方から見るようにすること。

「一枚できる毎に、それまでできた全部のコピーの線をなぞり」と書きましたが、私は各コピーを続けて二回ずつなぞりました。

素描のコピーを垂直になぞる時、ゆっくりと丁寧になぞって下さい。

ミケランジェロの素描のコピーを作って、シャープペンシルで垂直になぞる訓練をしていると、途中の段階で、ルネッサンスの絵などが立体的に見えるようになります。

カスタネダ系の霊能力獲得法「夢の中で手を見る」の場合、私は、両手をくっつけて、両手の手のひらを見ましたが、両手をくっつけて、両手の甲でもいいと思いますし、又片手の手のひらでも、片手の甲でもいいと思います。要は一つに決め、そこだけを見ることです。

セノイの神は善人を喜びます。できるだけ真面目に生きて下さい。

親子で昨夜の夢を話し合って下さい。より親しくなれるそうです。

著書『難病を治すセノイの霊能力獲得法』八五頁で、「つばは飲み込むこと。心が落ち着くから」と書きましたが、人によっては便秘を起こす恐れがありますので、実行は控えるか、良く考えてからにするかして下さい。

右に同じで、二二頁の原書講読法で、「単語帳を作り、単語を二千近くまで覚えると、原書をすらすらと読めるようになる」と書きましたが、私（物理学）の場合、千七百語でした。英和辞典は、専門用語の豊富な研究社の『新英和大辞典』を使いました。

セノイの宗教に階級制はありません。ただ先輩、後輩があるだけです。先輩はいばるべきものではありません。先輩は後輩に親切であるべきです。

セノイの霊能力でご利益があったら、そのご利益が生涯続くように、私が保証します。途中でご利益を取っ払うことは致しません（但し、今まで書いた注意事項を守ることが必要条件ですが）。

セノイの神信仰を友人、知人、人々に広めて下さい。セノイの神が喜びます。

私が幻聴、幻覚に悩まされ、精神病にかかったように見える時期がありました。それは、私の霊能力がセノイ族に属すると考えず、カスタネダ系に属すると間違って考えた時でした。

私の霊能力がセノイ族に属する、と正しく考えた時は、幻聴、幻覚は起こらず、これまで八年以上（二〇二四年現在）も幻聴、幻覚は起こらず、正常な生活を送ってきました。

私の経験では、精神病の薬を飲んでる時は、難病を治すご利益は、不思議なことに小さくなるようです。

第三章

著者の想い出

私の一番古い記憶は、母が、「高い、高い」と叫んでは、私を両手で頭上に高く持ち上げたことである。男の子の私が生まれたので、うれしかったのだろう。

二、三歳の時、私は疫痢にかかった。死線をさまよったが、父が進駐軍に勤めていたので、収入があり、高い薬を使うことができ、それで助かった、と母は私に言った。妹が生まれた時、粗末な小屋を屏風でしきって、産んだ。

私が三歳の時、村田町から隣りの大河原町の町営住宅に引っ越しをした。母の弟、吉五郎叔父が馬車で家財道具を運んでくれた。

私が引っ越した大河原の稗田前地区には、不思議な言い伝えがあった。昔、付近に大蛇が生息していた、という。その大蛇が死んだ時、その頭の位置が、私の家の敷地であり、尾の部分の位置が、友人の正義の家の敷地であった、という。

その伝説を聞いた時、私も、後から引っ越ししてきた正義も、無気味に思った。それが私達の運勢に肯定的に作用するのか、否定的に作用するのか、ということであった。

後年、私が精神病院に入院させられたりして、いっそ家を手放した方がいいのではないか、と思った。ところが、工業高校卒の守ちゃんが、インドの現地合弁会社の社長に抜擢された、仁ちゃんの兄が、権威ある和辻哲郎賞をもらった、ということを聞くにつれ、大蛇伝説は、決して縁起の悪いものではない、むしろ縁起のいいものだ、と私も考えるようになった。

大河原町では、教会が経営していた幼稚園に通った。牧師の娘さんが先生だった。内容は遊びと、簡単な計算問題などの勉強だった。一日が終ると、先生が園児を連れ、家の近くまで送ってくれた。

簡単な足し算、引き算の問題で、私が一番成績が良かったので、クリスマスには、主役のサンタクロースをやらされた。

私は途中で幼稚園を辞めた。父は、時々自転車で近隣の町の親戚の家に行ったが、その際、暇な私を同乗させた。

ある時、同乗して名取まで行った時、途中で父に「あの車何て言うの」と聞くと、「ダットサンだ」と父が答えた。

幼稚園から小学校低学年の頃、私は時々わがままを母に言った。模型飛行機とか、小刀の肥後守とかを買ってもらうため、店の前を動かなかった。母は、止むを得ず買ったりした。

同じ頃、母は、大河原の自宅から村田町の母の実家に行く際は、一〇円、二〇円の運賃を浮かすため、途中の沼辺まで、私を連れ、妹を背負って歩いて行った。当時、バスは、手を上げれば停留所でなくとも止まってくれた。

父は学校で成績優秀で、優等賞をもらったりしたが、家が裕福でなかったため、上の学校には進めなかった。

父は仕事運にも恵まれなかった。戦争から帰ってきて、しばらくは進駐軍に勤めたりして、その間は収入も確保されたが、進駐軍から解雇されてからがいけない。カマドのセールスマンをしたが、カマドなどそんなに売れるものではない。そのため家は貧乏になってしまった。

母は、毎日のように次の日の米を借りに近所に行った。三年生の頃、朝、登校前に貧乏の辛さに、飯台の前で母、姉二人と私で一緒に泣いた。

父の実情、家の実情を見るにつけ、父と同じく成績優秀だった私は、父のようにはなるまい、公務員のような安定した職業に就こう。そうその頃から考えた。

父の収入が当てにならないので、母も働き始めた。先ず、白石川の砂をダンプカーにシャベルで上げる仕事。これは重労働で、ご飯ものどを通らない程だったので、ごく短期間で辞めた。後は、白石市の缶詰工場で働いたり、大河原駅前のケイソウ土の会社で、ケイソウ土まみれになって働いたり、そして最後に仙台のビル掃除婦をやった。

家が貧乏だったので、小学三年の頃から小学六年の頃までは、白米を腹一杯食べたことが無かった。特に、昼の弁当のご飯の量が少なく感じた。

夕食も貧乏ゆえ、味噌汁に残りご飯を入れた雑炊や、味噌汁に小麦粉をねった団子を入れたすいとんだった。

腹がすいた時の間食としては、小麦粉に砂糖とふくらし粉を入れ、水でねったものをフライパンで熱して食べた。ドンドン焼きと言った。具の無いお好み焼きというものだった。又、じゃがいもをゆでてつぶしたものに、砂糖を入れ、食べた。

おやつとしては、次のようなものを食べた。ゆずの実の皮を砂糖漬けした。それにお湯を注いで、冬の夜飲んだ。栗の実をゆでて、紐で通して、軒先にぶらさげて干し、冬の夜のおやつに食べた。親戚の農家から渋柿をもらい、皮をむいて軒先に干し、干し柿を作って、冬に食べた。これは、私が高専三年の時まで続いた。干し柿作りは、近所でもやっている家が多かった。

近くの小川で、釣りでとった鮒、網でとった鮒、鯰は、炭火で焼いたり、唐揚げにしたりして食べた。

たき火をして、さつま芋を入れ、焼き芋にした。

父はカマドのセールスマンをしていたので、家に帰って来るのは、年に五、六日位しか無かった。父が帰って来ると、母は、貧乏でも父のためにご馳走を作った。

父は、帰って来ると、私を正座させて、私に説教するのだった。父がいつも不在で、私に対する教育が甘くなるのを恐れたのだろう。

私は、この説教が嫌で、ある時は、「三十六計逃げるに限る」と冗談めかして逃げようとたが、父は怒り、母も「ちゃんと話を聞かなきゃあ」と同調したので、私は、再び正座して説教を聞かざるを得なかった。

父は、松下幸之助をいたく尊敬し、私が彼に興味あるなら、彼の伝記を買ってくるぞ、と言っていた。

私が三年生の頃、父は長期出張から帰って来た時、積木を買ってきてくれた。私は、それで色々なものを作って遊んだ。六年生の頃は、英訳付きの国語辞書を買ってきてくれた。

小学六年の頃。大晦日の日は、年に一度の贅沢で、スキヤキを作った。その後、父は私にいつもの説教をした。その中で「お前が憎くって言うんじゃないぞ」と言ったのを、私は「お前が肉食って言うんじゃないぞ」と勘違いし、それなら、スキヤキの肉を食うんじゃなかったと思っていた。

父の説教のメインテーマは、「父ちゃんはなあ、お前が社会の第一線で働いて欲しいんだ」であった。学校で成績優秀だったが、家が豊かでなかったため、上の学校に進めず、実社会では不遇だった父は、自分が果せなかった夢を私に託したのだろう。

六年生の頃は、勉強は、試験の前の日の夜、寝床にうつむいて、教科書、ノートを三〇分から一時間見るだけであった。遊びが主で、家の手伝いが従、勉強はそのまた従であった。それでも成績は良った。

六年生の時、最初のテストで理科を一〇〇点とった。次も一〇〇点をとろうとして、休み時間には、教室にあった理科辞典をよく見た。その結果、理科は五回のテストですべて一〇〇点をとった。

先生は、授業の中で、努力し勤勉にして成功した人の話とか偉人のエピソードとかをよく話した。生徒はそれを黙って興味深く聞いた。

私の姉妹は、長姉ヤエ子、次姉てる子、妹三恵子で、長姉は六学年上、次姉は三学年上、妹は四学年下だった。姉二人共、中学を卒業すると、集団就職で関東へ行った。あの頃はみんな貧乏だったから（家はその中でもとりわけ貧乏だったが）、卒業生の約半数が就職した。

集団就職の列車が青森県を出発し、各駅停車して、集団就職する中卒生を拾いあげて、上野駅まで送った。

母は、その時は朝早く起きて、いなり寿司やゆで卵などご馳走を作ってお弁当とし、姉達を送り出した。

時々、姉とてる子ちゃんと私でトランプ遊びをした。遊びの仕方は、姉が教えてくれた。

姉が、てる子ちゃんや私の遊び相手をしてくれたのだった。

台風の次の日の朝は、姉二人と私で早起きして山に行き、バタバタと地面に落ちている栗ひろいをした。それで栗ご飯を作ったりした。

私は、薪《たきぎ》をとりに近くの山によく行った。中学三年までやった。それ以降は、父が電気釜を購入したので必要なくなった。小学六年の時は、朝のご飯炊き一時間が私の仕事だった。

雪が降ると、物置きの板とかでそりを作って遊んだ。あの頃は、先ず遊び道具を作ることから遊びが始まることが多かった。

NHKの子供向けラジオ番組を毎日夕方聞いた。この子供向けラジオ番組を、最長の時は、夕方一時間半近くやっていた。浪曲もよく聞いた。小学時代、読書は余りしなかった。

中学の時も、NHKの子供向け番組を聞いた。テレビは近所に一軒しかなかったので、みんなで見せてもらいに行った。

高専時代、周りは凡てテレビを買ったが、貧乏なわが家はテレビが買えなかったので、見たい時は近所に見せてもらいに行った。普段は、NHKの子供向け番組を聞いた。

高専三年の時、テレビが買えないので、代りにテープレコーダーを買ってもらった。テレビが家になかったので、テレビを見る習慣がついにつかなかった。貴重な習慣だった。

漫画はよく見た。特に好きな漫画家は、石森章太郎で、彼の「ミュータントサブ」「龍神沼」などの抒情漫画が好きだった。


近所には、ガキ大将が二人いた。彼らが大河原町の最後の世代のガキ大将だった。彼らの外には、町にはガキ大将はもういなかった。二人は小成田さん、そして大宮（?）の広っさんで、彼らに従う六人の子供達は、裕ちゃん、正ちゃん、私、仁ちゃん、守ちゃん、新ちゃんだった。

ガキ大将達は私より六学年上で、裕ちゃん、正ちゃんは一学年上、仁ちゃんは同学年、守ちゃん、新ちゃんは一学年下だった。

ガキ大将は、子供達に兵隊の階級づけをしていた。

石合戦、ヂンヂンパー、野球など対抗戦では、二手に別れて戦った。

色んな遊びをした。

近くの山の中で、夕方までチャンバラごっこ。刀は木の枝をけずって作った。

山の中にあった農業用水のため池の堤の所で、夕方までヂンヂンパー。帰りは、山の中の道路をみんなで少年探偵団の歌を歌いながら帰った。

ヂンヂンパーとは、二チームに別れてじゃんけんをする。勝ったチームがヂンヂンパーと言いながら、三歩進める。三歩以内に敵方を倒すか、足の位置をずらすかしたりすると、その負けた選手は退場となる。味方の選手が返り討ちにあった場合は、その味方の選手が退場となる。そこで生き残った者達が、又じゃんけんし、勝ったチームが三歩進め、同様のことを行う。どちらかのチームのメンバーがゼロになるまで行う。

ヂンヂンパーでは、私は特攻隊と称して、敵のガキ大将に組みついて行き、相打ちにした。

こういうことを毎日やっていた。それで、五年時、授業の休み時間は、男子は相撲をやっていることが多かったが、私は相撲で負けたことがなかった。

但し、足は遅く、運動会の一〇〇m徒競争では殆どいつもびりだった。

山の頂上からふもとまで、木から木へと伝わりながら降りる。ルールは、地面に足をつけてはいけない、だった。

模型飛行機飛ばし大会。私はいつも設計図通り作らず、すると変な飛び方をするのだった。大学時代、ためしに設計通り作ると、すごくよく飛ぶのを知った。

探検と称しては、時々山の中にあった旧軍の火薬所の奥深くまで行った。

ガキ大将は、自分で作った山刀を持っていた。ある時、火薬所内を皆で歩いていた時、出てきた蛇をガキ大将は山刀で両断した。

ガキ大将は、どこで手に入れたのか、鷹《たか》を飼っていた。その餌《えさ》は、私達が学校帰りに寄った魚屋の捨てた魚のアラだった。

ある時、近くの山の中で蝮《まむし》を私が捕まえた。ガキ大将は町に行き、薬屋に売った。

ガキ大将が、水がまだ冷たい三月の寒さの堤で一泳ぎしたことがあった。身体がひときわ丈夫だったのだろう。

ある時、蛇を食べたことがあった。ガキ大将が蛇を捕え、皮をむき、七輪で炭火焼きにした。それを皆で食べた。

同様に、鳩が猫にやられて死んだ時、山の中に行き、たき火をして、肉や内蔵を焼き、それを皆で食べた。

伝承遊びから、ガキ大将が考えた遊びまで色々な遊びをした。後から思うと、貴重な体験をした。

正ちゃんが東京に引っ越した時、堤の側の山の中でお別れ会をした。ガキ大将が用意した鍋に、大根や野菜を入れ、煮て食べた。

ガキ大将は、最後の日、記念写真をとった。その時の写真を今でも私は大事にしている。

ガキ大将とは、小学時代六年間の付き合いだった。

家が貧乏だったので、五年生の頃、てる子ちゃんと二人で新聞配達のバイトをしようとした。販売店も快く採用してくれた。ところが目覚し時計が家になかったので、余りに早く起きたり、余りに遅く起きたりした。それで販売店から三日で首を宣告されてしまった。

中学時代のある時期、家では鶏を一羽飼っていた。二、三日で一個産む卵を、母、私、妹の三人で分け合って食べた。

中学一年時、牛乳配達のバイトをした。小遣いかせぎで、それで顕微鏡を買ったりした。半年程やった。

中学時代は、読書を盛んにした。先ず図書館で読み、それから学校帰りに自転車のハンドルにのせて読み、家に帰っても読み、布団の中に入っても蛍光灯をつけて読んだ。母は「電気代もったいないから、もう寝ろ」と言ったが。そうして、少年少女文学を沢山読んだ。

中学に入って、毎日規則的に勉強するようになった。六畳間の隅をカーテンで仕切って、座り机を置き、勉強部屋とした。

中間試験、期末試験の際は、一ヶ月前から計画を立てて勉強した。その結果、一年の最初の中間試験では、三八一人中一一位で、三学期の期末試験では五位になった。担任の先生は「鎌田君は、是非とも大学に進ませて下さい」と母に言った。

三年の時は、五回の定期試験のうち、三回が学年二位で、あとは九位、一五位だった。一ヶ月前から準備した時が二位で、一週間前から準備した時が、九位、一五位だった。

学校側は、試験の結果、一位から五〇位までを廊下に貼り出した。

一年時。参考書を買う金がふんだんにあった訳ではないので、学校の帰り、本屋で参考書を三〇分見て勉強の助けにしたこともあった。

二年時。貧困家庭の生徒に参考書を買う金を援助しましょう、という制度があったので、私はそれをも利用して参考書を買うことができた。

どうしても欲しい本は、ケイソウ土の会社に行って、働いている最中の母から金をもらって買った。

二年時。社会の授業で「どんな時、文明は進歩するのか」で一時間つぶした。同様に、どの教科も生徒に徹底的に考えさせる授業をし、手を挙げている生徒のうち勉強が余り得意ではない生徒から答えさせた。

授業中、先生方は、努力し勤勉にして成功した人の話をよくした。転勤してくる先生方も皆、朝礼で転勤の挨拶に、努力し勤勉にして成功した人の話をした。

後で聞くと、先生方はこの頃、どうすれば生徒の力を伸ばすことができるかで、遅くまで会議で議論した、という。

その結果、私が三年の時は、テニス、体操が県大会で一位、二位も一種目、という優秀な成績を残した。

その時の校長は、県に高く評価され、退職後も県の教育委員会に採用されていた。

二年時。担任が女性で甘く見たのか、クラスの一部の生徒が崩れた。成績は優秀だが、背丈がクラスで一番低い私がいじめの対象とされた。休み時間毎に一人の生徒が「ンゲラゲッケ」と叫んでは私に飛びかかってきた。殴りはしなかったが、その度に私は窓の側で涙を流さざるを得なかった。

二年時。同級生の二瓶君らが友人だった。彼らと一緒に鉄棒運動をしたり、冬になれば、学生服の下、下着一枚で過ごす我慢比べをしたりした。

三年時。井上君、庄司君らが友人だった。

中学三年間、身長が伸びなかったので、ある日、私がこたつに入って参考書を見ていると、父は「本なんてどうでもいいから、外に出て遊んで来い」と怒鳴ってきた。遊ばないから、身長が伸びない、と思ったのだろう。遊びもしていたのだが。

三年時。理科の先生（あだ名はガマちゃん）が授業中、私の授業への取り組み方をよくほめて下さった。「今、鎌田が何してるかよく見ろ」と。但し、いつもほめていた訳ではなくて、私一人が正解した問題について、「この問題、当った者もいるが、まぐれだ」と言って、少しもほめなかったということもあった。

三年時。学校側は、受験に合格するための補習授業をした。学年で私一人だけ参加しなかった。友人が参加しないと言ったので、私も参加しないと同調した。その後、友人は参加するに意見を変えたが、私は小回りが得意でなかったので、結局参加せずじまいだった。だが、私は、一人で受験勉強をするという貴重な経験をした。

冬のある日、父はいつもの説教をした。途中で「お前はどうして駄目なんだ」と私に言った。私は、いつもは口答えなどしなかったものだが、その時だけ口答えをした。「父ちゃんが駄目だから。俺も駄目なんだ」と。すると父は黙って立ち上がり、帽子とオーバーをつけて、家を出て行った。外はシンシンと雪が降っていた。その夜、父は戻らなかった。私は悪いことをした、と思った。後で聞くと、親戚のかご屋に行っていたらしい。

中学時代。一ヶ月に一度、村田町の母の実家、大沼家に行き、みそなど食料品をもらって来た。同様のことを、角田市君萱《きみかや》の佐藤家に対しても行った。佐藤家は、父の姉が嫁いでいた。両家の支援は貴重だった。

大沼家で寝る時、従弟二人が最近読んだ本の話をしてくれとせがむので、私は最近読んだ本の内容を話した。しばらくすると寝息が聞こえ、それを合図に私も寝ることにした。

ある時、私が、おしゃべりしながら食事していると、父は黙って食べなさい、と言った。しばらくして、私が黙って食事していると、父が話をしながら食べよう、と言った。私が、父ちゃんはこの前とは逆なことを言っている、と言うと、父は、父ちゃんもどちらがいいのか迷ってるんだ、と言った。出張が桁違いに多い父も、理想の家庭像について迷っていたようだ。

小学三年の頃、登校中、てる子ちゃんが言った。将来何に成りたいの、と。私は学者と答えた。静かな研究生活が理想の職業だった。

■著者プロフィール

昭和23年3月3日生まれ
茨城大学理学部物理学科、広島大学大学院物理学科修士課程（専門：原子核論）卒
職歴：埼玉県公立高校教師
著書：『難病を治すセノイの霊能力獲得法』（悠光堂）
海外旅行歴：メキシコ6回・マレーシア1回
趣味：読書

猛勉強ができるようになる断食の仕方

2025年5月13日　第1刷発行

著　者　鎌田一男《かまたかずお》

発行者　太田宏司郎
発行所　株式会社パレード
　大阪本社　〒530-0021　大阪府大阪市北区浮田1-1-8
　　　　　　TEL 06-6485-0766　FAX 06-6485-0767
　東京支社　〒151-0051　東京都渋谷区千駄ヶ谷2-10-7
　　　　　　TEL 03-5413-3285　FAX 03-5413-3286
　https://books.parade.co.jp
発売元　株式会社星雲社（共同出版社・流通責任出版社）
　　　　〒112-0005　東京都文京区水道1-3-30
　　　　TEL 03-3868-3275　FAX 03-3868-6588
印刷所　創栄図書印刷株式会社

ISBN 978-4-434-35834-0　C0095